Arthur Conan Doyle

L'Homme qui grimpait

Table des matières

L'homme qui grimpait

Sherlock Holmes m'avait toujours encouragé à publier le récit de l'aventure du professeur Presbury, ne fût-ce, me disait-il, que pour répondre une fois pour toutes aux bruits désobligeants qui circulèrent dans l'Université il y a vingt ans et furent colportés dans les milieux scientifiques de Londres. Mais certains obstacles imprévus ayant surgi, mes notes sont restées enfermées dans la malle en fer-blanc qui contient beaucoup d'archives sur les aventures de mon ami. Nous venons d'obtenir enfin l'autorisation d'ouvrir ce dossier, l'un des derniers dont s'occupa Holmes avant de se retirer. Maintenant encore je suis tenu à observer une certaine discrétion : le lecteur voudra bien m'en excuser.

Un dimanche soir du début de septembre 1903, je reçus de Holmes ce message laconique :

Venez immédiatement si possible. Si impossible venez quand même.

Les rapports qui existaient entre nous à cette époque n'étaient pas ordinaires. Holmes avait ses habitudes : des habitudes strictes et rigoureuses. J'étais devenu l'une de ses habitudes, au même titre que le violon, le tabac fort, la vieille pipe noire, les livres de référence, et d'autres manies peut-être moins avouables. Quand il travaillait sur un cas qui réclamait un travail actif ainsi qu'un camarade en les nerfs duquel il pouvait se fier, j'étais irremplaçable. Mais en dehors de cela, je lui rendais service. J'étais la pierre à aiguiser de son esprit. Je le stimulais. Il pensait à haute voix en ma présence. Non que ses remarques s'adressassent spécialement à moi (la plupart auraient pu aussi bien s'adresser à son matelas), mais néanmoins il avait pris l'habitude de notre duo, et mon silence enregistreur ou mes interruptions étaient autant d'excitants intellectuels. Si je l'irritais par une certaine paresse d'esprit méthodique, cette irritation ne servait qu'à accélérer ses intuitions et à approfondir ses impressions. Je me contentais de ce rôle modeste dans notre association.

Quand j'arrivai à Baker Street, je le trouvai ramassé en boule dans son fauteuil : genoux remontés, pipe aux lèvres, front sillonné de rides. Il se débattait à coup sûr avec un problème contrariant. D'un geste de la main, il me désigna mon vieux fauteuil ; après quoi, pendant une demi-heure, il m'oublia. Un sursaut le tira enfin de sa rêverie et, avec son habituel sourire ironique, il me souhaita la bienvenue dans ce qui avait été jadis mon appartement.

— Vous me pardonnerez si je suis un peu préoccupé, mon cher Watson ! me dit-il. Des faits curieux ont été soumis à mon examen dans les dernières vingt-quatre heures, et ils ont engendré quelques spéculations d'un caractère plus général. Je pense sérieusement à écrire une petite monographie sur l'utilité des chiens pour le travail des détectives.

— Mais voyons, Holmes, le sujet a été exploré ! Les molosses, les chiens policiers, les limiers...

— Non, non, Watson ! Cet aspect du sujet, bien entendu, n'échappe à personne. Mais il y en a un autre qui est beaucoup plus subtil. Vous vous rappelez peut-être une affaire que, pour faire du sensationnel, vous avez baptisée *Les Hêtres-Rouges* ; j'ai pu, rien qu'en surveillant le caractère d'un enfant, déduire les habitudes criminelles d'un père aussi respectable que suffisant.

— Oui, je m'en souviens très bien.

— Mon raisonnement sur les chiens est analogue. Un chien est le reflet d'une vie familiale. Qui a jamais vu un chien folâtre dans une famille lugubre, ou un chien triste dans une famille heureuse ? Les grognons ont des chiens grognons ; les gens dangereux ont des chiens dangereux. Et les chiens fantaisistes peuvent être le reflet d'individus fantaisistes.

– Je crois, Holmes, que c'est un peu tiré par cheveux ! murmurai-je en hochant la tête.

Il avait bourré une nouvelle pipe sans avoir prêté la moindre attention à mon commentaire.

– L'application pratique de ce que je viens de dire touche de très près le problème sur lequel j'enquête. J'ai affaire avec un écheveau emmêlé, et je cherche un bout du fil. Et ce bout du fil, je le trouverai peut-être en répondant à cette question que voici : pourquoi Roy, le fidèle chien-loup du professeur Presbury, essaie-t-il de le mordre ? Je retombai sur ma chaise. J'étais déçu. Était-ce pour répondre à une question aussi vulgaire que j'avais été arraché à ma clientèle ? Holmes me lança un regard de biais.

– Ce vieux Watson est toujours le même ! s'écria-t-il. Vous ne comprendrez donc jamais que les conséquences les plus graves peuvent dépendre de petites choses ? Mais n'est-il pas étrange à première vue qu'un philosophe âgé, bien établi – vous avez naturellement entendu parler de Presbury, le célèbre physiologue de Camford ? – qu'un homme de cette qualité, qui a un chien-loup pour meilleur ami, ait été attaqué deux fois par cette bête ? Allons, Watson, qu'en pensez-vous ?

– Le chien est malade.

– Soit ! C'est à considérer. Mais il n'attaque personne d'autre, et il ne s'en prend à son maître qu'en des occasions très spéciales. Curieux, Watson, très curieux ! Mais le jeune Bennett arrive en avance, si c'est son coup de sonnette. J'avais compté bavarder plus longtemps avec vous avant sa visite.

Nous entendîmes un pas vif dans l'escalier, un coup sec à la porte ; un instant plus tard, le nouveau client fit son entrée. C'était un homme d'une trentaine d'années, de haute taille, bien fait de sa personne, élégant, mais un je ne sais quoi dans son allure générale attestait davantage la timidité de l'étudiant que la maîtrise de l'homme du monde. Il serra la main à Holmes et me regarda avec étonnement.

– Cette affaire est très délicate, Monsieur Holmes. Étant donné les rapports privés et publics que j'entretiens avec le professeur Presbury, j'hésite à parler devant une troisième personne.

– Soyez sans inquiétude, Monsieur Bennett. Le docteur Watson est la discrétion personnifiée, et je vous assure que dans cette affaire j'ai réellement besoin d'un assistant.

– Comme il vous plaira, Monsieur Holmes. Vous comprenez, je pense, les motifs qui m'imposent le plus grand secret.

– Il faut que je vous dise, Watson, que ce gentleman, M. Trevor Bennett, est le collaborateur technique du grand savant, vit sous son toit, et est fiancé à sa fille unique. Nous comprenons donc que le professeur soit en droit de se fier à sa loyauté et à son dévouement. Mais la meilleure preuve de cette loyauté et de ce dévouement consiste assurément à faire le nécessaire pour élucider une troublante énigme.

– Je le crois aussi, Monsieur Holmes. Je ne vise pas d'autre but. Le docteur Watson connaît-il la situation ?

– Je n'ai pas eu le temps de la lui expliquer.

– Dans ce cas, je ferais bien de revenir sur les faits connus avant d'expliquer les nouveaux.

– Je vais m'en charger, intervint Holmes, afin de vérifier si je possède tous les éléments du problème. Le professeur, Watson, jouit d'une réputation européenne. Il a mené une existence tout académique. Jamais le moindre souffle de scandale. Il est veuf et père d'une fille prénommée Édith. Il possède un caractère positif, viril, on pourrait presque dire combatif. Voilà où en étaient les choses il y a quelques mois.

» Puis le cours de sa vie se désunit. À soixante et un ans, il se fiança à la fille du professeur Morphy, son collègue à la chaire d'anatomie comparée. Il ne s'agissait pas, d'après ce que j'ai compris, des assiduités raisonnables d'un vieillard, mais bien plutôt d'une frénésie passionnée de jeune homme : personne n'aurait pu se montrer amoureux plus fervent. La jeune fille, Alice Morphy, pouvait s'enorgueillir d'une double perfection : physique et intellectuelle. Le professeur avait donc beaucoup d'excuses pour s'être ainsi enflammé ; néanmoins, il ne reçut pas que des approbations dans sa propre famille.

– Nous trouvions cette passion plutôt exagérée, précisa notre client.

– Exactement. Exagérée, et un tant soit peu violente sinon anormale. Le professeur Presbury était riche, cependant, et le père de la jeune fille ne souleva aucune objection. La jeune fille, quant à elle, ne manquait pas de projets : plusieurs candidats briguaient déjà sa main ; moins flatteurs sur le plan mondain, mais favorisés au bénéfice de l'âge. Elle sembla apprécier le professeur en dépit de ses excentricités ; l'âge était toutefois un obstacle sérieux.

» Vers cette époque, un petit mystère bouscula soudain la routine normale du professeur. Il fit ce qu'il n'avait jamais fait auparavant. Il partit de chez lui sans dire où il allait. Il demeura absent une quinzaine de jours et il rentra fatigué. Il ne révéla pas l'endroit où il s'était rendu, bien qu'il fût habituellement le plus franc des hommes. Le hasard voulut néanmoins que notre client, M. Bennett, reçût une lettre d'un camarade étudiant à Prague qui l'informa qu'il avait été heureux d'apercevoir là-bas le professeur Presbury, mais qu'il n'avait pas pu lui parler. C'est par ce biais que sa famille apprit qu'il était allé à Prague.

» Venons-en à présent au point délicat. Après son voyage, le professeur changea. Il devint sournois, réticent. Son entourage avait constamment l'impression qu'il n'était plus le même homme, mais qu'il vivait sous une ombre qui obscurcissait ses plus hautes qualités. Son intelligence n'en fut pas affectée, et ses cours demeurèrent toujours aussi brillants. Mais il y avait toujours ce quelque chose de nouveau, d'attristant et d'imprévu. Sa fille, qui lui était très attachée, essaya à mainte reprise de rétablir leur ancienne intimité et de percer le masque dont son père semblait à présent se couvrir. Vous aussi, monsieur, vous avez essayé, je crois, mais en vain. Et maintenant, monsieur Bennett, contez-nous vous-même l'incident des lettres.

— Il faut que vous compreniez, docteur Watson, que le professeur n'avait pas de secrets pour moi. S'il avait eu un fils ou un frère cadet, il ne leur aurait pas manifesté plus de confiance. En ma qualité de secrétaire, je manipulais tous ses papiers ; j'ouvrais et je classais son courrier. Peu après son retour, tout fût changé. Il me dit que certaines lettres lui parviendraient sans doute de Londres, marquées d'une croix sous le timbre, et qu'elles devaient être mises de côté pour lui. De fait, plusieurs lettres arrivèrent marquées d'une croix ; l'écriture était celle d'un illettré. Je ne sais s'il répondit : jamais en tout cas ces réponses ne passèrent par mes mains ou furent placées dans la corbeille où toute notre correspondance était rassemblée.

— Et la boîte ? dit Holmes.

— Ah ! oui, la boîte ! Le professeur ramena de voyage une petite boîte en bois. Ce fut le seul objet qui nous fit penser à un voyage sur le continent, car elle était baroquement sculptée à la mode allemande. Il la plaça dans son armoire à instruments. Un jour, cherchant une canule, je soulevai la boîte. À ma grande surprise, il se mit en colère et me reprocha ma curiosité en termes presque grossiers. C'était la première fois que pareille chose m'arrivait, et j'en éprouvai un vif chagrin. Je m'efforçai d'expliquer que je n'avais touché la boîte que tout à fait par hasard, mais pendant le reste de la soirée il m'adressa des regards peu amènes, et je me rendis parfaitement compte qu'il me gardait rancune...

M. Bennett tira de sa poche un petit agenda et ajouta :

– ... Cela se passait le 2 juillet.

– Vous êtes vraiment un excellent témoin ! s'écria Holmes. Il se pourrait que j'eusse besoin de ces dates que vous avez notées.

– Entre autres choses, j'ai appris la méthode de mon grand et vénéré maître... À partir du moment où je remarquai des anomalies dans son comportement, je me dis que mon devoir me commandait d'étudier son cas. Voilà pourquoi je puis affirmer que c'est ce même jour, le 2 juillet, que Roy attaqua le professeur quand celui-ci sortit de son bureau pour passer dans le vestibule. À nouveau le 11 juillet la scène se produisit, et j'ai noté un incident analogue le 20 juillet. À la suite de ces attaques, nous fûmes obligés d'enfermer Roy à l'écurie. C'était un animal que nous aimions et qui était affectueux... Mais je crains d'abuser de votre patience.

M. Bennett avait prononcé ces derniers mots sur un ton de reproche, car visiblement Holmes n'écoutait plus. Il avait le visage fermé, le regard perdu vers le plafond. Il se ressaisit avec effort.

– Singulier ! Très singulier ! murmura-t-il. Ces détails ne m'étaient pas connus, Monsieur Bennett. Je crois que nous en venons maintenant aux nouveaux développements de l'affaire ?

L'agréable visage ouvert de notre visiteur s'assombrit.

– Ce que je vais vous raconter à présent date de l'avant-dernière nuit, nous dit-il. Il était deux heures du matin. J'étais couché, mais je ne dormais pas. J'ai entendu un bruit sourd amorti qui venait du couloir. J'ai ouvert ma porte et j'ai jeté un coup d'œil au-dehors. J'aurais dû vous expliquer que le professeur couche au bout du couloir...

– C'était le ?... s'enquit Holmes.

Notre visiteur fut manifestement contrarié par une interruption aussi peu pertinente.

– J'ai dit, Monsieur, que cela se passait l'avant-dernière nuit. C'était donc le 4 septembre.

Holmes s'inclina en souriant.

– Continuez, je vous en prie.

– Il couche au bout du couloir, et s'il veut descendre l'escalier il lui faut passer devant ma porte. Ce que j'ai vu a été vraiment épouvantable, Monsieur Holmes ! Je crois que j'ai les nerfs aussi solides que n'importe qui, mais j'ai été bouleversé. Le couloir est obscur ; il y a juste en son milieu une fenêtre qui filtre un peu de lumière. J'ai donc vu quelque chose qui s'avançait dans le couloir, quelque chose de sombre et d'aplati. Puis soudain ce quelque chose est passé dans la tache de lumière : c'était lui ! Il rampait, monsieur Holmes, il rampait ! Il n'était pas tout à fait sur les mains et les genoux. Je dirais plutôt qu'il marchait sur les mains et les pieds, la tête pendant entre les mains. Pourtant, il semblait se mouvoir sans difficulté. J'étais si paralysé par ce spectacle que je n'ai pas bougé avant qu'il soit arrivé à la hauteur de ma porte. Alors seulement je me suis avancé et je lui ai demandé si je pouvais l'aider. Sa réponse a été extraordinaire. Il s'est mis debout d'un bond, m'a craché au visage un mot ordurier et s'est précipité dans l'escalier. J'ai guetté plus d'une heure, mais il n'est pas remonté avant qu'il fasse jour. Alors, il a réintégré sa chambre.

– Hé bien ! Watson, que pensez-vous de cela ? demanda Holmes avec l'air d'un pathologiste qui présente un spécimen rare.

– Un lumbago, peut-être ? Je sais par expérience qu'une crise sévère de lumbago peut obliger un homme à marcher presque à quatre pattes, et qu'il n'y a rien de plus irritant pour le caractère du malade.

– Bien, Watson ! Vous nous ramenez toujours sur la terre. Mais nous pouvons difficilement admettre le lumbago, puisque le professeur a pu se mettre droit à l'instant même.

– Il ne s'est jamais mieux porté ! dit Bennett. Il est plus fort en ce moment qu'il ne l'a jamais été ces dernières années. Mais les faits sont là, Monsieur Holmes. Il ne s'agit pas d'un cas pour lequel nous aurions intérêt à consulter la police, et cependant nous ne savons absolument pas quoi faire ; nous avons l'impression que nous nous acheminons tout droit vers une catastrophe. Édith... Mlle Presbury partage mon opinion que nous ne pouvons plus attendre passivement.

– C'est certainement un cas très bizarre et qui n'est pas ordinaire. À quoi pensez-vous, Watson ?

– Du point de vue médical, dis-je, il semble bien que ce soit un cas pour un aliéniste. Le fonctionnement du cerveau du vieux gentleman a été perturbé par cette histoire d'amour. Il a fait un voyage à l'étranger dans l'espoir de se guérir de sa passion. Ses lettres et la boîte peuvent se rapporter à une transaction privée : un emprunt, par exemple, ou des actions qu'il aurait enfermées dans la boîte.

– Et le chien-loup n'était, sans doute, pas d'accord sur la transaction en question ? Non, Watson ! Il y a autre chose. Pour l'instant, je puis seulement suggérer que...

Personne ne saura jamais ce que Sherlock Holmes allait suggérer, car la porte s'ouvrit et une jeune femme fut introduite. Quand elle apparut, M. Bennett bondit en poussant un cri et se précipita, mains tendues, vers des mains qui déjà se tendaient vers lui.

– Édith, ma chérie ! Rien d'important, j'espère ?

– J'ai senti que je devais vous retrouver. Oh ! Jack, j'ai eu si peur ! C'est affreux d'être seule là-bas !

– Monsieur Holmes, voici la jeune fille dont je vous parlais : ma fiancée.

– Nous arrivions progressivement à cette conclusion, n'est-ce pas, Watson ? répondit Holmes en souriant. Je suppose, Mademoiselle Presbury, que l'affaire vient de prendre un nouveau tournant, et que vous désiriez nous mettre au courant ?

Notre visiteuse, jolie blonde du type anglais conventionnel, sourit à son tour à Holmes en s'asseyant à côté de M. Bennett.

– Quand j'ai appris que M. Bennett était parti, j'ai pensé que je le trouverais probablement ici. Bien sûr, il m'avait prévenue qu'il vous consulterait ! Mais dites, Monsieur Holmes, pouvez-vous faire quelque chose pour mon pauvre père ?

– J'espère, Mademoiselle Presbury ! Mais je suis encore dans les ténèbres. Peut-être pourrez-vous m'apporter un peu de lumière ?

– C'était la nuit dernière, Monsieur Holmes. Toute la journée, je l'avais trouvé très bizarre. Je suis sûr qu'il y a des moments où il ne se souvient absolument pas de ce qu'il fait. Il vit dans un rêve étrange. Et hier, c'était justement l'un de ces moments-là. Ce n'était pas mon père qui se trouvait près de moi. Son écorce était là, mais elle était vide.

— Dites-moi ce qui s'est passé.

— J'ai été réveillée pendant la nuit par le chien ; il aboyait furieusement. Pauvre Roy, il est maintenant enchaîné près de l'écurie ! Je précise que je dors toujours avec ma porte fermée à clé ; car comme Jack... comme M. Bennett vous le dira, nous vivons tous sous l'impression qu'un danger nous menace. Ma chambre est située au deuxième étage. Le store était levé devant ma fenêtre. La lune brillait au-dehors. Tandis que j'étais couchée et que je regardais le carré de lumière tout en écoutant les aboiements du chien, je vis avec stupéfaction le visage de mon père qui m'observait. Monsieur Holmes, j'ai failli mourir de surprise et d'horreur. Il avait collé sa figure contre la vitre et il avait levé une main comme pour faire remonter le carreau. Si cette fenêtre s'était ouverte, je crois que je serais devenue folle. Ce n'était pas une hallucination, Monsieur Holmes ! Ne vous y trompez pas ! Je vous affirme que je suis bien demeurée une vingtaine de secondes pétrifiée en surveillant cette tête. Puis elle a disparu. Mais je n'ai pas pu... je n'ai pas pu sauter à bas de mon lit et courir à la fenêtre pour voir ce qu'elle était devenue. Je suis restée glacée et grelottante toute la nuit. Au petit déjeuner, je l'ai retrouvé sec, farouche, et il ne m'a fait aucune allusion à l'aventure de la nuit. Moi non plus, mais j'ai fourni une excuse pour me rendre à Londres, et j'ai accouru ici.

Holmes parut profondément étonné.

— Mais ma chère demoiselle, vous nous avez dit que votre chambre était située au deuxième étage. Y a-t-il dans le jardin une longue échelle ?

— Non, monsieur Holmes ; et c'est bien le côté stupéfiant de l'affaire. Il n'y a pas de moyen praticable pour atteindre la fenêtre... Et pourtant, il était là !

– Cela se passait le 5 septembre, dit Holmes. Voilà qui complique les choses.

Ce fut au tour de la jeune fille de paraître étonnée.

– Monsieur Holmes, intervint Bennett, je vous ai entendu deux fois insister sur la date des faits. Croyez-vous qu'elle puisse avoir de l'importance.

– Peut-être. C'est très possible. Mais je manque encore d'éléments.

– Songeriez-vous au rapport existant entre la folie et les phases de la lune ?

– Non, je vous assure. Je pensais tout à fait à autre chose. Voudriez-vous me laisser votre agenda, afin que je contrôle les dates ? Je pense, Watson, que notre plan d'action est parfaitement clair. Cette jeune demoiselle nous a informés (et j'ai grande confiance en son intuition) que son père se rappelle peu ou pas du tout ce qui se produit à certaines dates. Nous irons donc le voir comme s'il nous avait fixé rendez-vous l'un des jours notés par M. Bennett. Il accusera son manque de mémoire. Nous pourrons donc nous mettre en campagne après l'avoir vu de près.

– Excellent ! s'exclama M. Bennett. Je vous préviens toutefois que le professeur est irascible, et même violent à ses heures.

Holmes sourit.

– Il y a de bonnes raisons pour que nous ne tardions pas : des raisons irrésistibles si ma théorie est fondée. Demain, Monsieur Bennett, vous nous verrez certainement à Camford. Si je me souviens bien, il existe une auberge qui s'appelle *Chequers*, où le porto est au-dessus de la médiocrité et le linge au-dessus des reproches. Je crois, Watson, que nous pourrions passer les jours qui viennent dans des endroits moins agréables.

Le lundi matin, nous étions sur la route de la célèbre ville universitaire ; de la part de Holmes, l'effort était facile : il n'avait pas à se déraciner ; mais moi, j'avais dû mettre sur pied tout un dispositif hâtif, car ma clientèle à cette époque n'était pas à dédaigner. Holmes ne me parla de l'affaire qu'une fois nos valises déposées à l'hôtel dont il avait parlé.

— Je crois, Watson, que nous pouvons coincer le professeur juste avant déjeuner. Il a un cours à onze heures, et ensuite il se repose chez lui avant le repas.

— Sous quel prétexte nous présenterons-nous à lui ?

Holmes jeta un coup d'œil sur son carnet.

— Il a eu une période d'énervement autour du 26 août. Tenons pour admis qu'il est un petit peu dans le brouillard ces jours-là. Si nous lui certifions que nous venons sur rendez-vous, je crois qu'il ne se hasardera pas à nous contredire. Disposez-vous de l'effronterie nécessaire pour l'affirmer ?

— Nous allons essayer en tout cas.

— Bravo, Watson ! Voilà la devise de notre firme : nous allons essayer en tout cas. Un indigène nous guidera sûrement jusqu'à sa maison.

Nous trouvâmes « l'indigène » en la personne d'un cocher qui nous fit longer d'abord les collèges vénérables, puis qui tourna dans une grande avenue pour nous déposer devant la porte d'une demeure charmante entourée de pelouses et couverte de glycine rouge. Le professeur Presbury était sans nul doute habitué non seulement au confort, mais au luxe. Quand notre fiacre s'arrêta, une tête grisonnante apparut à la fenêtre de la façade ; deux yeux perçants sous des sourcils touffus nous dévisagèrent à travers de grosses lunettes d'écaille. Nous fûmes introduits dans le sanctuaire du savant : l'homme mystérieux dont le déséquilibre nous avait arrachés à Londres se tenait devant nous. À première vue, rien dans son attitude ni dans ses manières ne trahissait la moindre excentricité. Il était grand, majestueux, sérieux, et il portait la redingote avec toute la dignité d'un conférencier célèbre. Ses yeux étaient sans doute ce qu'il avait de plus remarquable : leur regard m'apparut aigu, observateur, et d'une intelligence qui frôlait l'astuce.

Il lut nos cartes de visite.

– Veuillez vous asseoir, Messieurs. Que puis-je faire pour vous ?

Holmes lui adressa son sourire le plus engageant.

– C'était justement la question que j'allais vous poser, Monsieur.

– A moi, monsieur ?

– Il s'agit peut-être d'une erreur. J'ai appris par l'intermédiaire d'un tiers que le professeur Presbury, de Camford, avait besoin de mes services.

– Non, vraiment ?...

J'eus l'impression qu'une étincelle de méchanceté s'alluma dans les grands yeux gris.

– ... Vous avez appris, dites-vous ? Puis-je vous demander le nom de votre informateur ?

– Je regrette, professeur, mais l'affaire présentait un caractère confidentiel. Si une erreur a été commise, c'est sans importance. Je ne peux que vous exprimer excuses pour vous avoir dérangé.

– Pas du tout ! J'aimerais beaucoup approfondir cette question. Elle m'intéresse. N'avez-vous pas un papier écrit, lettre ou télégramme, qui corrobore vos dires ?

– Non, monsieur.

– Je suppose que vous n'irez pas jusqu'à prétendre que je vous ai convoqués ?

– Je préférerais ne pas avoir à répondre, dit Holmes.

– Ce détail mérite pourtant une réponse, déclara le professeur d'un ton âpre. Mais je l'aurai sans votre aide.

Il traversa le bureau et sonna. Notre ami de Londres, M. Bennett, se présenta aussitôt.

– Entrez, Monsieur Bennett. Ces deux gentlemen sont venus de Londres avec l'impression qu'ils avaient été convoqués. Toute ma correspondance passe entre vos mains. Avez-vous vu une lettre adressée à une personne nommée Holmes ?

– Non, monsieur, répondit Bennett en rougissant.

– Voilà qui est concluant ! dit le professeur en lançant un mauvais regard à mon compagnon. Maintenant, monsieur...

Il avança le buste et posa à plat ses mains sur la table.

– ... Il me semble à moi que vous êtes dans une situation qui mérite quelques explications.

Holmes haussa les épaules.

– Je ne puis que vous répéter que je regrette de vous avoir dérangé inutilement.

– Insuffisant, monsieur Holmes ! s'écria le vieil homme.

Une méchanceté extraordinaire prit possession de sa physionomie. Sa voix était devenue tonnante. Il s'interposa entre la porte et nous. Il brandit ses poings avec fureur.

– Vous ne sortirez pas d'ici aussi facilement ! nous dit-il,

La rage déformait ses traits. Il avait perdu tout bon sens. Je suis persuadé que nous aurions dû en venir aux mains pour sortir de son bureau si M. Bennett n'était intervenu.

– Mon cher professeur ! s'exclama-t-il. Réfléchissez à votre situation ! Songez au scandale dans l'Université ! Monsieur Holmes est une personnalité connue. Vous ne pouvez pas le traiter avec un pareil manque d'égards !

De mauvaise grâce, notre hôte (si je puis l'appeler ainsi) nous laissa le champ libre. Nous ne fûmes pas mécontents de nous retrouver dans la rue paisible. Holmes semblait très amusé par cet épisode.

– Les nerfs de notre savant ami me paraissent quelque peu déréglés, me dit-il. Notre intrusion était peut-être hardie, mais elle nous a apporté ce contact personnel que je désirais. Attention, Watson ! Je l'entends sur nos talons. Sûrement il nous pourchasse...

Effectivement, quelqu'un courait derrière nous, mais ce n'était pas, je le constatai avec soulagement, le redoutable professeur : c'était son collaborateur, qui nous rejoignit tout essoufflé.

– Je suis si désolé, Monsieur Holmes ! Je voulais vous présenter mes excuses.

– Elles sont bien inutiles, mon cher monsieur ! Ces légers incidents font partie de ma vie professionnelle.

– Je ne l'ai jamais vu dans un état pareil. Il devient dangereux, terrible. Comprenez-vous à présent pourquoi sa fille et moi nous sommes effrayés ? Et pourtant, il a conservé l'esprit clair !

– Trop clair ! fit Holmes. J'avais commis une erreur de calcul. Il est évident que sa mémoire est beaucoup plus sûre que je ne l'avais supposé. À propos, pouvons-nous, avant que nous nous éloignions, apercevoir la fenêtre de Mlle Presbury ?

M. Bennett se fraya un chemin parmi des buissons, et nous aperçûmes un côté de la maison.

– La voilà : la deuxième sur la gauche.

– Mais elle me paraît tout à fait inaccessible ! Pourtant, il a du lierre au-dessous et une conduite d'eau au-dessus qui fournissent un appui ou une prise.

– Moi-même j'aurais bien du mal à grimper jusque-là, dit M. Bennett.

– Certes ! Pour tout homme normal, ce serait un exploit dangereux.

– Il y avait une autre chose que je désirais vous dire, Monsieur Holmes. J'ai le nom de l'homme de Londres qui est en correspondance avec le professeur. Le professeur lui a sans doute écrit ce matin, et j'ai relevé l'adresse sur le buvard. C'est de l'espionnage ignoble de la part d'un secrétaire de confiance, mais que puis-je faire d'autre ?

Holmes lut le papier que lui tendait Bennett, et le mit dans sa poche.

– Dorak ? Un nom curieux ! D'origine slave, je présume. Hé bien ! voilà un gros maillon pour ma chaîne ! Nous rentrerons à Londres demain après-midi, Monsieur Bennett. Je ne vois pas à quoi servirait que nous restions. Nous ne pouvons pas arrêter le professeur puisqu'il n'a commis aucun crime, et nous ne pouvons pas le faire enfermer puisque sa folie n'est pas prouvée. Jusqu'ici, il n'est pas possible d'envisager une action quelconque.

– Mais alors, que faire ?

– Un peu de patience, monsieur Bennett ! Les choses ne vont pas tarder à prendre tournure. Sauf erreur de ma part, il aura probablement une crise mardi prochain. Ce jour-là nous serons à Camford. En attendant, cette situation est incontestablement déplaisante, et si Mlle Presbury pouvait prolonger son séjour à Londres...

– Rien de plus facile !

– Alors qu'elle reste à Londres jusqu'à ce que nous puissions l'assurer que tout danger est conjuré. D'ici mardi, ne le contrariez pas. Tant qu'il sera de bonne humeur, tout ira bien.

– Le voilà ! chuchota Bennett.

À travers les branchages, nous distinguâmes la grande silhouette droite qui était apparue devant la porte d'entrée et qui regardait les alentours. Il se tint légèrement penché en avant, les bras ballants, la tête tournant à droite et à gauche. Le secrétaire s'éclipsa, traversa les fourrés pour rejoindre le professeur, et tous deux rentrèrent ensemble dans la maison non sans avoir entamé une conversation apparemment animée, et même passionnée.

— Je crois que le vieux gentleman est en train d'additionner deux et deux, me dit Holmes quand nous eûmes pris le chemin des *Chequers*. Il m'a donné l'impression de posséder un cerveau particulièrement logique, d'après le peu que je connais de lui. Il est violent, sans doute, mais reconnaissons que de son point de vue il ne manquait pas de motifs pour exploser : il voit des détectives attachés à ses pas et il soupçonne certainement son entourage de les avoir alertés. Notre ami Bennett pourrait bien traverser des heures difficiles !

Holmes s'était arrêté en route au bureau de poste, et il avait expédié un télégramme. Nous reçûmes la réponse le soir même. Il me la montra :

Me suis rendu Commercial Road et ai vu Dorak. Personnage affable. Bohémien d'origine. Âgé. Tient un grand magasin. Mercer.

— Vous ne connaissez pas Mercer, m'expliqua Holmes. Je l'ai engagé récemment. Il s'occupe du travail de routine. Il était important de savoir quelque chose sur l'homme avec lequel notre professeur correspond si secrètement. Sa nationalité se relie dans mon esprit à ce séjour à Prague.

— Dieu merci, dis-je, voilà enfin quelque chose qui se relie à quelque chose ! Pour l'instant, nous nous trouvons en face d'une série d'incidents inexplicables qui n'ont entre eux aucun rapport. Par exemple, quel rapport peut-il bien exister entre un chien-loup furieux et un séjour en Bohême, ou entre l'un et l'autre de ces faits avec un homme qui la nuit marche à quatre pattes dans un couloir ? Quant à vos dates, c'est la plus grande mystification du siècle !

Holmes se frotta les mains en souriant. Nous étions assis dis le petit salon du vieil hôtel, devant une bouteille de porto

— Bon ! Hé bien ! voyons un peu les dates pour commencer, fit-il en réunissant les extrémités de ses doigts et en prenant l'attitude d'un maître d'école qui s'adresse à sa classe. L'agenda de cet excellent jeune homme nous démontre que les troubles se sont manifestés le 2 juillet d'abord, puis tous les neuf jours, avec, je crois, une seule exception. La dernière crise remonte au vendredi 3 septembre, exactement neuf jours après la crise précédente datant du 26 août. Il ne s'agit pas d'une simple coïncidence.

J'acquiesçai.

— Formulons donc la théorie provisoire suivante : tous les neuf jours, le professeur prend une certaine drogue puissante qui provoque un effet passager, mais hautement toxique. Son tempérament naturellement violent en subit l'effet. Il a appris à prendre cette drogue pendant qu'il se trouvait à Prague, et c'est maintenant un intermédiaire de Londres qui la lui fournit. Tout cela est cohérent, Watson !

— Mais le chien, mais la tête à la fenêtre, mais la marche à quatre pattes dans le couloir ?

— Écoutez, nous avons démarré. Nous avons un début. Je ne m'attends à rien de neuf avant mardi prochain. En attendant, nous ne pouvons que demeurer en contact avec l'ami Bennett et profiter des agréments de cette charmante ville.

Le lendemain matin, M. Bennett s'échappa pour nous porter les dernières informations. Comme Holmes l'avait prévu, il avait vécu des heures difficiles. Sans l'avoir accusé directement d'être le responsable de notre intrusion, le professeur lui avait parlé un langage très rude et lui avait tenu rigueur de l'incident. Ce matin pourtant il était redevenu normal et il avait fait comme d'habitude son cours, très brillant, devant une foule d'étudiants.

— En dehors de ses accès bizarres, nous dit-il, je lui trouve une vitalité et une énergie plus grandes que jamais, et son cerveau fonctionne admirablement. Mais il n'est plus lui-même : plus du tout l'homme que nous avons connu.

— Je ne crois pas que vous ayez quelque chose à craindre pendant une semaine, répondit Holmes. Or je suis un homme occupé, et le docteur Watson a des malades qui l'attendent. Convenons que nous nous retrouverons dans cet endroit mardi prochain. Je serais bien surpris si, avant que nous nous séparions, nous n'étions pas capables d'expliquer sinon de supprimer les soucis qui vous assaillent. Jusque-là, tenez-nous au courant par lettre.

Je ne revis pas mon ami les jours suivants ; mais lundi soir je reçus un bref message m'invitant à le rejoindre au train du lendemain. Pendant que nous roulions vers Camford, il m'annonça que de nouveaux incidents ne s'étaient pas produits, que la paix avait régné dans la maison du professeur, dont le comportement avait été tout à fait normal. M. Bennett nous le confirma de vive voix quand il nous retrouva le soir même aux Chequers.

— Il a reçu aujourd'hui de son correspondant de Londres une lettre et un petit paquet avec une croix sous le timbre. Je n'y ai donc pas touché. Rien d'autre à signaler.

— Cela pourrait être suffisant, murmura Holmes avec un sourire de mauvais augure. Je crois, Monsieur Bennett, que nous arriverons cette nuit à une conclusion. Si mes déductions sont correctes, l'affaire est mûre. Mais pour cela, il est indispensable de surveiller le professeur. Je vous serais reconnaissant, par conséquent, de demeurer éveillé et d'être sur le qui-vive. Si vous l'entendez passer devant votre porte, n'intervenez pas, mais suivez-le aussi discrètement que possible. Le docteur Watson et moi, nous ne serons pas loin. À propos, où est la clé de cette petite boîte dont vous nous avez parlé ?

— Il la porte à sa chaîne de montre.

— Je suppose que nos recherches devront s'orienter par là. Au pis, la serrure ne doit pas être bien formidable ! Y a-t-il sur les lieux un autre homme valide ?

— Le cocher, Macphail.

— Où dort-il ?

— Dans l'écurie.

— Nous aurons peut-être besoin de lui. Hé bien ! nous ne pouvons rien faire de plus avant d'assister au développement des événements !... Bonsoir. Mais je pressens que nous vous reverrons avant demain matin.

Il était près de minuit quand nous prîmes notre faction parmi les buissons qui faisaient face à la porte de la maison du professeur. La nuit était belle, mais froide, et nous n'eûmes pas à regretter d'avoir pris des manteaux chauds. Le vent soufflait. Des nuages filaient dans le ciel et masquaient par moments la demi-lune. Notre faction aurait été lugubre si nous n'avions pas été bardés contre l'ennui par la curiosité et l'impatience, et si mon camarade ne m'avait pas assuré que nous étions arrivés au terme de cette étrange succession d'événements.

— Pour peu que le cycle des neuf jours se vérifie ce soir, me dit Holmes, nous devrions voir le professeur en pleine crise. Ses symptômes se sont déclarés après son voyage à Prague ; il entretient une correspondance secrète avec un commerçant de Bohême établi à Londres et qui représente sans doute quelqu'un de Prague ; il a reçu de lui un paquet aujourd'hui même. Tout cela est cohérent. Nous ne savons pas ce qu'il prend, ni pourquoi il le prend, mais le produit vient de Prague, très vraisemblablement. Il le prend d'après des directives précises qui règlent ce cycle des neuf jours, premier point qui a attiré mon attention. Ses symptômes sont tout à fait remarquables. Avez-vous observé les jointures de ses doigts ?

– Je dus avouer que non.

– Épaisses et cornées comme je n'en ai jamais vu. Il faut toujours commencer par regarder les mains, Watson. Ensuite les poignets de la chemise, les genoux du pantalon et les souliers. Ces jointures très bizarres ne peuvent s'expliquer que par le processus observé...

Holmes s'interrompit et se frappa le front.

– ... Oh ! Watson, Watson, que j'ai été stupide ! Mon idée paraît incroyable, et pourtant elle doit être exacte. Tout pointe dans cette direction. Comment n'ai-je pas vu le lien qui relie tout ! Ces jointures... comment ai-je pu laisser passer ces jointures ? Et le chien ! Et le lierre ! Oh ! il est grand temps que je disparaisse dans la petite ferme de mes rêves ! Attention, Watson ! Le voici ! Nous avons la chance d'être aux premières loges.

La porte d'entrée s'était lentement ouverte ; contre le vestibule éclairé, la haute silhouette du professeur se détacha. Il était en robe de chambre. Tandis qu'il se profilait sur le seuil, il se tenait droit, mais il se penchait légèrement en avant, bras ballants, comme nous l'avions déjà vu.

Il s'engagea dans l'avenue. Alors, un changement extraordinaire s'opéra en lui. Il se laissa tomber en avant, s'accroupit et se mit à marcher sur les mains et les pieds, sautillant par moments comme s'il débordait de vitalité et de force. Il longea à quatre pattes la façade de la maison et contourna l'angle. Quand il eut disparu, Bennett se glissa hors de la maison et le suivit doucement.

– Venez, Watson, venez ! s'écria Holmes.

Nous nous hâtâmes le plus possible parmi les fourrés et nous arrivâmes à un endroit d'où nous pûmes observer l'autre côté de la maison qu'éclairait la lumière de la demi-lune. Distinctement visible, le professeur était ramassé sur lui-même au pied du mur couvert de lierre. Puis avec une agilité surprenante, il se mit à grimper. De branche en branche, il se hissait, le pied sûr et la poigne robuste, apparemment pour le plaisir d'exercer son talent de grimpeur et sans but précis. Sa robe de chambre flottait de chaque côté : aurait dit une gigantesque chauve-souris accrochée au flanc de la maison ; il dessinait une tache noire carrée sur le mur. Bientôt il se lassa de cette distraction et, se laissant tomber de branche en branche, il s'accroupit à nouveau et se dirigea vers l'écurie en marchant à quatre pattes. Le chien-loup était sorti de sa niche ; il commença à aboyer furieusement ; quand il aperçut son maître, ses aboiements redoublèrent de violence. Il tirait sur sa chaîne, tremblait de rage et d'impatience. Le professeur s'accroupit juste à côté du chien, mais hors de son atteinte, et il entreprit alors de le provoquer et de l'exciter de toutes les manières imaginables. Il ramassa des poignées de sable et de gravier dans l'avenue et les jeta dans les yeux du chien, il le houspilla avec un bâton qu'il avait trouvé, il agita ses mains sous la gueule béante et frémissante, bref il s'efforça de pousser au paroxysme la fureur de l'animal, déjà presque fou de rage. Dans toutes nos aventures, je ne crois pas que j'aie assisté à un spectacle plus étrange que cette silhouette imposante et digne accroupie à quatre pattes sur le sol comme une grenouille et aiguillonnant par toutes sortes de cruautés ingénieuses et calculées un chien en colère qui rampait et sautait en face de lui.

Et soudain, le drame éclata ! Ce ne fut pas la chaîne qui cassa : mais le collier qui glissa, car il avait été fabriqué pour un gros terre-neuve. Nous entendîmes le cliquetis du métal tombant à terre. L'instant d'après, l'homme et le chien roulaient ensemble sur le sol : l'un rugissant de rage, l'autre hurlant de terreur. Il s'en fallut de peu que le professeur y laissât la vie. La bête l'avait saisi à la gorge, ses crocs s'étaient déjà enfoncés profondément, le professeur s'était évanoui avant que nous eussions pu nous interposer et séparer les combattants. Nous aurions sans doute été exposés nous-mêmes à un grand péril si l'arrivée et la voix de Bennett n'avaient instantanément ramené le chien à la raison. Le vacarme avait tiré de la chambre où il couchait au-dessus de l'écurie le cocher mal réveillé et ahuri.

— Ça ne m'étonne pas ! fit-il en hochant la tête. Je l'avais déjà observé. Je savais bien que le chien finirait tôt ou tard par lui sauter dessus.

Le chien fut enchaîné à nouveau, et nous ramenâmes le professeur dans sa chambre, où Bennett, qui avait fait des études de médecine, m'aida à panser la gorge blessée. Les dents acérées s'étaient plantées non loin de l'artère carotide et l'hémorragie était sérieuse. Au bout d'une demi-heure, tout danger se trouva écarté ; j'injectai au malade de la morphine et il sombra dans un sommeil profond. Ce fut alors que nous pûmes discuter de la situation.

— Je pense qu'un grand médecin devrait le prendre en main ! déclarai-je.

— Non, au nom du Ciel ! s'écria Bennett. A présent le scandale est confiné dans cette maison. Il ne sortira pas de nos murs. Mais si quelqu'un d'autre est appelé, le professeur deviendra la fable du monde entier. Réfléchissez à son rang dans l'Université, à sa réputation européenne, aux sentiments de sa fille !

— Très juste ! dit Holmes. Je pense que nous pouvons tenir l'affaire secrète, et que nous empêcherons toute nouvelle récidive puisque nous avons les mains libres. Donnez-moi la clé de la chaîne de montre, Monsieur Bennett. Macphail va rester auprès du malade et nous préviendra si un changement se produit. Allons voir ce que contient la boîte mystérieuse du professeur.

Elle ne contenait pas grand-chose, mais c'était assez : une fiole vide, une autre presque pleine, une seringue hypodermique, plusieurs lettres écrites en pattes de mouche par un étranger. Les croix sur les enveloppes attestaient qu'il s'agissait bien de celles qui avaient modifié les habitudes du secrétariat ; chacune était originaire de Commercial Road et signée « A. Dorak ». Elles n'étaient en fait que des factures annonçant qu'une nouvelle fiole était envoyée au professeur, ou des reçus. Toutefois, il y avait une autre enveloppe écrite par quelqu'un de plus instruit et qui portait le cachet de la poste de Prague sur un timbre autrichien.

– Voici la solution du mystère ! s'écria Holmes.

Et il lut :

« Cher et estimé confrère,

« Depuis votre visite qui nous a honorés, j'ai beaucoup réfléchi à votre cas. Étant donné vos préoccupations, le traitement se justifie, mais néanmoins je ne saurais trop vous recommander la prudence, car les résultats que j'ai obtenus montrent qu'il n'est pas totalement exempt de dangers.

« Il est possible que le sérum de l'anthropoïde soit plus indiqué. J'ai utilisé, comme je vous l'ai expliqué, le langur à tête noire parce que je pouvais me procurer un échantillon. Le langur est, naturellement, un rampeur et un grimpeur, tandis que l'anthropoïde marche droit et dans l'ensemble est plus proche de l'homme.

« Je vous demande de prendre toutes les précautions possibles pour que le procédé ne soit pas prématurément révélé. J'ai en Angleterre un autre client. Dorak sera mon représentant pour vous deux.

« Un rapport hebdomadaire m'obligerait.

« Bien à vous, avec ma très haute considération.

« H. Lowenstein. »

Lowenstein ! Ce nom me rappela un article de journal qui contait l'histoire d'un savant obscur qui avait trouvé un Moyen inconnu pour parvenir au secret de la régénérescence et de l'élixir de vie. Lowenstein de Prague ! Lowenstein avec son étonnant sérum revigorant, proscrit par la Faculté parce qu'il refusait de révéler son origine... En quelques mots, je mis mes compagnons au courant. Bennett s'empara d'un manuel de zoologie.

– « Langur, lut-il, grand singe à tête noire des pentes de l'Himalaya, le plus gros et le plus proche de l'homme, des singes grimpeurs. » Suivent des détails. Hé bien ! grâce à vous, monsieur Holmes, nous avons remonté jusqu'à la source du mal !

– La vraie source, répondit Holmes, réside certainement dans cette histoire d'amour inopportune. Notre impétueux professeur s'est mis dans la tête qu'il ne parviendrait à ses fins qu'en se muant en homme plus jeune. Quand on essaie de se hisser au-dessus de la nature, on court le risque de tomber plus bas. Le type humain supérieur peut retourner à l'animal s'il s'écarte de la route droite de sa destinée...

Il considéra la fiole qu'il avait gardée dans sa main et examina le liquide clair qui était à l'intérieur.

– ... Quand j'aurai écrit à cet homme pour lui dire que je le tiens pour criminellement responsable des poisons qu'il met en circulation, nous n'aurons plus d'ennuis. Mais le danger subsiste. Il peut se représenter d'une manière plus anodine. C'est un grand danger : un très grand danger pour l'humanité. Supposez, Watson, que le matérialiste, le sensuel, le mondain prolongent leurs existences inutiles. Que deviendrait le spirituel ? Nous aboutirions à la survivance du moins capable. Dans quel abîme d'iniquité plongerait notre pauvre humanité !...

Mais l'homme d'action chassa brusquement le rêveur.

– ... Je crois qu'il n'y a plus rien à ajouter, Monsieur Bennett. Les divers épisodes trouvent aisément leur place dans le cadre général. Le chien, bien sûr, a perçu le changement beaucoup plus vite que vous. Son odorat le lui permettait. C'était le singe, et non le professeur, que Roy attaquait ; de même que c'était le singe qui aiguillonnait Roy. Le singe adore grimper. C'est tout à fait par hasard, je pense, que l'escalade a amené le professeur en face de la fenêtre de sa fille... Il y a un train pour Londres bientôt, Watson, mais que penseriez-vous d'une tasse de thé aux *Chequers* avant que nous sautions dedans ?

Toutes les aventures de Sherlock Holmes

Liste des quatre romans et cinquante-six nouvelles qui constituent les aventures de Sherlock Holmes, publiées par Sir Arthur Conan Doyle entre 1887 et 1927.

Romans

* Une Étude en Rouge (novembre 1887)
* Le Signe des Quatre (février 1890)
* Le Chien des Baskerville (août 1901 à mai 1902)
* La Vallée de la Peur (sept 1914 à mai 1915)

Les Aventures de Sherlock Holmes

* Un Scandale en Bohême (juillet 1891)
* La Ligue des Rouquins (août 1891)
* Une Affaire d'Identité (septembre 1891)
* Le mystère de la vallée de Boscombe (octobre 1891)
* Les Cinq Pépins d'Orange (novembre 1891)
* L'Homme à la Lèvre Tordue (décembre 1891)
* L'Escarboucle Bleue (janvier 1892)
* Le Ruban Moucheté (février 1892)
* Le Pouce de l'Ingénieur (mars 1892)
* Un Aristocrate Célibataire (avril 1892)
* Le Diadème de Beryls (mai 1892)
* Les Hêtres Rouges (juin 1892)

Les Mémoires de Sherlock Holmes

* Flamme d'Argent (décembre 1892)
* La Boite en Carton (janvier 1893)
* La Figure Jaune (février 1893)
* L'Employé de l'Agent de Change (mars 1893)
* Le Gloria-Scott (avril 1893)
* Le Rituel des Musgrave (mai 1893)
* Les Propriétaires de Reigate (juin 1893)

* Le Tordu (juillet 1893)
* Le Pensionnaire en Traitement (août 1893)
* L'Interprète Grec (septembre 1893)
* Le Traité Naval (octobre / novembre 1893)
* Le Dernier Problème (décembre 1893)

Le Retour de Sherlock Holmes

* La Maison Vide (26 septembre 1903)
* L'Entrepreneur de Norwood (31 octobre 1903)
* Les Hommes Dansants (décembre 1903)
* La Cycliste Solitaire (26 décembre 1903)
* L'École du prieuré (30 janvier 1904)
* Peter le Noir (27 février 1904)
* Charles Auguste Milverton (26 mars 1904)
* Les Six Napoléons (30 avril 1904)
* Les Trois Étudiants (juin 1904)
* Le Pince-Nez en Or (juillet 1904)
* Un Trois-Quarts a été perdu (août 1904)
* Le Manoir de L'Abbaye (septembre 1904)
* La Deuxième Tâche (décembre 1904)

Son Dernier Coup d'Archet

* L'aventure de Wisteria Lodge (15 août 1908)
* Les Plans du Bruce-Partington (décembre 1908)
* Le Pied du Diable (décembre 1910)
* Le Cercle Rouge (mars/avril 1911)
* La Disparition de Lady Frances Carfax (décembre 1911)
* Le détective agonisant (22 novembre 1913)
* Son Dernier Coup d'Archet (septembre 1917)

Les Archives de Sherlock Holmes

* La Pierre de Mazarin (octobre 1921)
* Le Problème du Pont de Thor (février et mars 1922)
* L'Homme qui Grimpait (mars 1923)

* Le Vampire du Sussex (janvier 1924)
* Les Trois Garrideb (25 octobre 1924)
* L'Illustre Client (8 novembre 1924)
* Les Trois-Pignons (18 septembre 1926)
* Le Soldat Blanchi (16 octobre 1926)
* La Crinière du Lion (27 novembre 1926)
* Le Marchand de Couleurs Retiré des Affaires (18 décembre. 1926)
* La Pensionnaire Voilée (22 janvier 1927)
* L'Aventure de Shoscombe Old Place (5 mars 1927)